千島詩社
截句選

王仲煌 主編

【總序】
不忘初心

李瑞騰

　　詩社是一些寫詩的人集結成為一個團體。「一些」是多少？沒有一個地方有規範；寫詩的人簡稱「詩人」，沒有證照，當然更不是一種職業；集結是一個什麼樣的概念？通常是有人起心動念，時機成熟就發起了，找一些朋友來參加，他們之間或有情誼，也可能理念相近，可以互相切磋詩藝，有時聚會聊天，東家長西家短的，然後他們可能會想辦一份詩刊，作為公共平台，發表詩或者關於詩的意見，也開放給非社員投稿；看不順眼，或聽不下去，就可能論

爭，有單挑，有打群架，總之熱鬧滾滾。

　　作為一個團體，詩社可能會有組織章程、同仁公約等，但也可能什麼都沒有，很多事說說也就決定了。因此就有人說，這是剛性的，那是柔性的；依我看，詩人的團體，都是柔性的，當然程度是會有所差別的。

　　「台灣詩學季刊雜誌社」看起來是「雜誌社」，但其實是「詩社」，一開始辦了一個詩刊《台灣詩學季刊》（出了四十期），後來多發展出《吹鼓吹詩論壇》，原來的那個季刊就轉型成《台灣詩學學刊》。我曾說，這一社兩刊的形態，在台灣是沒有過的；這幾年，又致力於圖書出版，包括吹鼓吹詩叢、同仁詩集、選集、截句系列、詩論叢等，迄今已出版超過一百本了。

　　根據彙整的資料，2019年共有12本書（未含蘇紹連主編的3本吹鼓吹詩叢）出版：

一、截句詩系

王仲煌主編／《千島詩社截句選》

於淑雯主編／《放肆詩社截句選》

卡夫、寧靜海主編／《淘氣書寫與帥氣閱讀——截句解讀一百篇》

白靈主編／《不枯萎的鐘聲：2019臉書截句選》

二、台灣詩學同仁詩叢

離畢華詩集／《春泥半分花半分》（台灣新俳壹百句）

朱天詩集／《沼澤風》

王婷詩集／《帶著線條旅行》

曾美玲詩集／《未來狂想曲》

三、台灣詩學詩論叢

林秀赫／《巨靈：百年新詩形式的生成與建構》
余境熹／《卡夫城堡──「誤讀」的詩學》
蕭蕭、曾秀鳳主編／《截句課》（明道博士班生
集稿）
白靈／《水過無痕詩知道》

　　截句推行幾年，已往境外擴展，往更年輕的世
代扎根了，選本增多，解讀、論述不斷加強，去年和
東吳大學中文系合辦的「現代截句詩學研討會」（發
表兩場主題演講、十六篇論文），其中有四篇論文以
「截句專輯」刊於《台灣詩學學刊》三十三期（二〇
一九年五月）。它本不被看好，但從創作到論述，已
累積豐厚的成果，「截句學」已是台灣現代詩學的顯
學，殆無可疑慮。

　　「台灣詩學詩論叢」前面二輯皆同仁之作，今
年四本，除白靈《水過無痕詩知道》外，蕭蕭《截句

課》是編的，作者群是他在明道大學教的博士生們，余境熹和林秀赫（許舜傑／台灣詩學研究獎得主）都非同仁。

　　至於這一次新企劃的「同仁詩叢」，主要是想取代以前的書系，讓同仁更有歸屬感；值得一提的是，白靈建議我各以十問來讓作者回答，以幫助讀者更清楚更深刻認識詩人，我覺得頗有意義，就試著做了，希望真能有所助益。

　　詩之為藝，語言是關鍵，從里巷歌謠之俚俗與迴環復沓，到講究聲律的「欲使宮羽相變，低昂互節，若前有浮聲，則後須切響」（《宋書‧謝靈運傳論》），這是寫詩人自己的素養和能力；一但集結成社，團隊的力量就必須出來，至於把力量放在哪裡？怎麼去運作？共識很重要，那正是集體的智慧。

　　台灣詩學季刊社將不忘初心，在應行可行之事上面，全力以赴。

【主編序】
自由魂與詩的再生

王仲煌

　　1985年情人節，10位菲華詩人成立菲律賓千島詩社，三十五年來，菲華社會越發商業化，千島仍逆流而上，堅持定期聚會，舉辦菲華現代詩講堂、現代詩展、月曲了青年詩獎等活動，擴大著菲華詩人的陣容。

　　千島也繼續與兩岸三地交流取經，台灣詩壇仍然是主要的養分之一。在千島詩社近幾年的紀事裏有這樣幾行：

　　2012年，組團抵台北慶祝台灣詩學季刊雜誌社成

立20週年，與台灣詩學季刊雜誌社結為姊妹社、2015
年邀請台灣詩人須文蔚擔任第二屆菲華現代詩講堂主
講人、2017年邀請台灣詩人白靈擔任第三屆菲華現代
詩講堂主講人……

　　今年二月份，我們欣然接受台灣截句倡導者白
靈詩長的提議與任務，組稿一本詩社同仁的截句作品
《千島截句選》。

　　平心而論，千島同仁大多忙於經商，在缺乏機
會說寫國語的環境裏執著對詩與自由的追求。時間的
有限和生活的繁瑣，造成對文學理論與詩歌流派的普
遍忽略，這是菲華詩壇的保守傳統，也是近3個月徵
稿，我們僅收到25位同仁來稿原因之一。

　　現代詩的自由魂依然為菲華詩人所崇尚，可喜的
是，截句詩是一首詩的再生，但可保有原作，有別於
某些流派對詩體自由的限制，因此個人相信，這場截
句運動值得菲華詩人響應，千島將繼續在菲華詩群、
千島詩刊、千島公眾微信號和千島詩社臉書上介紹
推廣。

　　感謝台灣詩學季刊社、白靈詩長、秀威出版社、千島詩社同仁，《千島截句選》將在千島詩社紀事上再添一行。

目　次

輯一｜小鈞

輯二｜王仲煌

輯三｜王勇

輯四 ｜ **王錦華**

輯五 ｜ **止水**

輯八｜行雲流水

輯九｜吳天霽

輯十二｜卓培林

輯十七 | 陳默

輯十八 | 盛江

輯二十五 | **蘇榮超**

小鈞

作者介紹

　　小鈞，本名陳曉鈞。1964年生於福建晉江，1984年移居菲律賓。1989年加入千島詩社，曾任第8屆社長，現任榮譽社長。2005至2007年擔任「旅菲各校友會聯合會」第5屆主席，任職期間發起「扎根與融合」為主題的全菲徵文比賽，並促成徵文作品結集出版，書名《扎根與融合》。

老華僑的話

一枝草一點露

他們說：呂宋地

一會兒乾

一會兒濕

蔭影

不一樣樹的影
有不一樣的樹蔭
有影有蔭的
不止是一棵樹

能量

樹搖動樹

喚醒靈魂

還有婆娑的樹影

以及飄零的日子

照亮黑暗

星星眨眼
月亮圓曲

黎明前
照亮黑暗

守望

分岔的路

面對

人多人少

遠方在望

雨

雲朵思凡
悲喜的淚珠

SAMPALOK

形象曲線美

青澀的酸

豐滿的甜

現實如生活

註：Sampalok(菲律賓文）。
　　為東南亞國家盛產的一
　　種水果，是菲國名菜酸
　　湯的最佳佐料，成熟時
　　可做糖果。

鏡裡鏡外

桌子伸進鏡裡

鏡裡沒有我

現實的影子

穿越了時空

王仲煌

作者介紹

　　王仲煌，1973年出生於福建晉江，童年移居馬尼拉，1990年起發表現代詩及散文，2002年起參與時評專欄。曾任千島詩刊主編，現任千島詩社社長。著有詩集《漸變了臉色的夢》、文選《拈花微言》。

夜空眼神

浮沉於年輪

仍願你看到

安詳的天宇

向日葵

仰望著

掛念著

仰望著的影子

中秋

今古的眼睛又盯住

舞台上的

我

路

這個到處是扭動的蛇的伊甸
不住也罷

品酒

一悟再悟

舌頭已失言

只等酸甜苦辣

湧到喉間

浪花

是童年的我們

仍在彼岸

忙著擷取日光

打來成群結隊的水漂

向著

那鷹又起飛了
每一下振翅都向著
天堂

歸家

　　截自〈我的家〉

整容

我愛的你已然不在

我除了移情別戀

愛上今天的你

又怎能不思舊愛

截自〈時間〉

王勇

作者介紹

　　王勇，筆名蕉椰、望星海、一俠、永星等。1966
年出生於中國江蘇，祖籍福建晉江安海，1978年末定
居菲律賓首都馬尼拉。亦文亦商，已出版現代詩集、
專欄隨筆集、評論集十三部。在東南亞積極推廣閃小
說，首倡閃小詩。曾獲菲律賓主流社會最高文學組織
菲律賓作家聯盟詩聖獎等多項國內外文學殊榮，經常
受邀擔任區域與國際文學賽事評審。現任世界華文微
型小說研究會副會長、世界華文作家交流協會副祕書
長、菲律賓華文作家協會副會長、菲律賓安海經貿文
化促進會會長、馬尼拉人文講壇執行長、菲中一帶一
路經貿文化促進祕書長等眾多社會團體要職。

詩眼

用我的眼射擊你的眼

以眼還眼的結果，是

你們一抬頭

就會望見滿天星鬥

2019年6月8日

詩眉

貼在雲裡霧裡的
一對春聯，讀懂它
需要能哭能笑的翅膀

載愛飛翔

2019年6月8日

詩耳

從無聲處，聽到
遠古的浪潮
拍打著宇宙的肩膀

肩膀上站著一眨不眨的燈塔

2019年6月8日

詩鼻

隔著歷朝歷代的城牆
仍能聞到一縷縷清香
穿過層層宮門
抵達午門：收詩

2019年6月8日

詩舌

舔了舔一點血
整個江海便在胸中翻滾

舔了舔一點墨
詩身便飛流直下萬古愁

2019年6月8日

詩身

千刀萬剮之後
屍首分家了嗎？

魚尾擺蕩，浪裡
躍起白條條的詩

2019年6月8日

詩心

一把祖先傳下來的
雕刀，刻了千年
也沒能刻出整條龍

午夜卻總見鱗片發光

2019年6月8日

詩魂

屈子也不知遊到哪裡去了？
龍舟追了千年，鑼鼓也敲了
千年。翻開詩集詩刊，驚見
三閭大夫的眼睛：瞪得好大

2019年6月8日

王錦華

作者介紹

　　王錦華，祖籍福建晉江，1942年出生於菲律賓。1987年《時間之梯》獲菲律賓中正學院校友會散文獎第二名，且於1993年被收入《中華散文賞析選篇辭典》。1989年《大哥》獲海華文藝季散文獎比賽佳作獎。著有《時間之梯》，與夫婿月曲了聯合出版《異夢同床》，並為他的遺作結集主編出版《鏡內》、《異夢同床》增訂版。

詩舞之夜

建造他自己內心的宮殿

是時鐘一直叮嚀著

不要忘把我一只高跟鞋

立刻扔進　他還未完成的詩中

截自〈詩舞之夜〉

娘家

是音樂一直吵鬧著
要帶我回娘家
我的娘家　在越來越遙遠的
母親講不完的童話裡

截自〈詩舞之夜〉

時光畫家

超真實的畫家

不分青紅皂白

只懂得畫明年的你

不懂得畫去年的我

截自〈妝鏡前〉

妝鏡前

讓你和我同時看到的
對著這片虛假的世界
我們還是　還是
強顏歡笑

截自〈妝鏡前〉

拔河

恩怨在兩端拔河

評判員判你我都輸了

為什麼觀眾

還在喝采　為誰

截自〈繩子〉

繩子

心中不覺
當年跳繩的時候

可是這條繩子
已成一段往事

截自〈繩子〉

止水

作者介紹

　　止水，原名閆旭，旅菲中國人。1988年3月出生
於山東濟寧。現就讀於德拉薩大學工商管理碩士。熱
愛文學創作，藝術鑒賞。

謊言

「來年的土裡
有春天的光華」
所以
請先不要讓我發芽

四月

中性的嘴

閃爍的瞳

虔誠的祈禱

像天使的背影

截自〈四月〉

奠念顧城

我想

海子一定不屬於大海

就像日出後沒有太陽

截自〈奠念顧城〉

二月

二月啊

你欠我一場雪

圍一座城

截自〈二月〉

致大海

如果我能在海的中央

深深插下一顆大工椰

多少年

就能救下一條船

截自〈致大海〉

老房子

老房子的牆上

多了一個「拆」字

猩紅色的楷體

透著不知名的清香

截自〈老房子〉

殺魚

有人在拿刀刮我的鱗片

我的肚子被劃破

流出了一地的虛榮、奸佞、貪婪和偽善

你嫻熟地用塑料管沖洗著它們

　　　　　　　　　截自〈殺魚〉

遠山

狐貍做了個夢
它使勁兒地搖著溪邊一棵棵遠山裡的紅葉樹
狐貍想
是不是只有她看到紅彤彤的霧才認得回家的路

截自〈遠山〉

月曲了

作者介紹

　　月曲了，本名蔡景龍，福建晉江人，1941年在菲出生，為千島詩社創始人之一，並任該社第二屆社長。曾獲河廣社新詩優等獎，王國棟文藝基金會第一屆新詩獎。著作《月曲了詩選》獲華僑救國聯合總會評定為文藝創作項詩歌類第一名。第三屆亞細安文學獎，2010年榮獲菲律賓詩聖描轆杳斯文學獎。

風箏以外

你並沒有像氣球飛走

放手之後才明白
我們之間當時的牽引
原來始終是一段劇情

眼光

眼光是窗角的蛛絲

結成網

是為了捕捉飛走的等待嗎

蜘蛛

癡情地　　走近去
望著歲月臉上的美人痣

希冀能在死亡的角落
再次看到生命的衝動

寫信給母親

蝴蝶是郵票

只要星光出聲

住址

可以問窗外

霧

把世界

用塑膠袋包好

上帝要TAKE HOME

後記

現實永遠是夢的誤會

而夢乃人生

唯一的現實

三行兩句

我的眼光

是碎的

今夜誰與流星爭窗口

無題

時間已短了　短的

像海邊　樹下　只容兩人的小板凳

讓我們在那裡緊靠著　談說過去

石乃磐

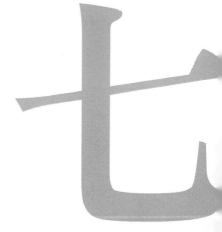

作者介紹

　　石乃磐，籍貫中國河北辛集市，八〇後中最年輕的那一批人。喜好遐想與單車。厭棄城市，因為討厭它的喧囂和擁擠。相信簡單的生活有助於文學的創作。

傍晚彌撒

教堂的頂部　　兩顆吸血鬼鋒銳的尖牙

無情的插入天空的心臟　　一片血光

吸食基督的血、仁愛　　沒有休止

一陣鐘聲突兀地敲響　　波及遠方

　　　　　　　　　截自〈傍晚彌撒〉

B計畫

一個沒有呼吸的動作
在深深的心底，反復不停地
遊走

晨光

天空露出晨光惺忪的眼睛

一束束灰藍色的眼神

搖搖擺擺

折斷在我的房間

枯萎的花束

我眼看著一束絢爛的生命

一步一步的退進死亡的峽谷

流逝的氣息在緊湊的時日裡讓人恐慌

到底是誰操控著生命的顏色

　　　　　截自〈枯萎的花束〉

黎明

頭上一扇小小的窗
不知如今怎樣的歲月
投射一個淺淺的影子

虛偽人物

用謊言掩蓋自己的罪行
用罪行建立謊言的世界
用謊言的世界實施罪行
用罪行揭露自己的謊言

專一的愛情

臃腫的身材

肥碩的手臂

粗大的「象腿」

愛人就這樣擠滿了我後半個生涯的眼睛

妞妞

從晨到晚

從晚到晨

這一睡直到中年

老年將是另一回事

註：妞妞是一隻絕育的
　　橘貓，如今六歲。

行雲流水

作者介紹

　　行雲流水，八〇後喜歡文字的菲華俗人，搬磚之餘胡亂塗鴉。

情

你拉著　扯著

我隨你起起伏伏

你放手　我開始墮落

對　我在說風箏

問

王城陋巷菲華博物館

A young mom whispering to her kid

一群高聲喧囂的國語青年

腦子曰： sino ba ako ？

立

王彬有河

惡臭渾濁還冒泡泡

河中有荷

純白無暇

夢

去肉破核炙烤

粉碎沖刷

一杯咖啡

幾人能賞？

吳天霽

作者介紹

　　祖籍福建晉江，1940年出生於菲律賓棉蘭佬島，高中畢業於宿務市中國中學。詩作曾入選台灣《中國情詩選》、《聯副三十年文學大系‧抒情詩卷》、《亞洲詩選》2013年韓國版及菲華各種詩選。出版詩集《耶穌的懷念》、《跨世紀詩選》。東南亞華文詩人筆會創會理事，千島詩社創始人之一。

鄉情

甚至，村盡頭

那家棺材店

偶爾想起

也感覺親切了

故鄉

從來沒有人能破解
嬰兒離開母體時
哭叫的信號：

捨不得母親的子宮

現象

I

漁舟補修完了

正待出發

颱風忽然來襲

II

天終於放晴了
出海曬多少炎日
流多少汗粒
帶回多少魚蝦

III

沙灘上，村人圍繞著
有人買，有人賒
有人討，有人搶
剩下滿籃子的腥味，帶回家

IV

你們原是一堆

破銅爛鐵

未上火爐

曾經，疊來疊去

V

現在，你們果然已成鋼
再度集合，站起
共建一座

永恆的中國城

醉

我在那一處醉倒

那一處

就是我的

家

玻璃空間

只要你肯細看

空間都圍著玻璃

處處留有

我衝出的形象

吳梓瑜

作者介紹

　　吳梓瑜，筆名蒲公英、老吳，生於1948年，六十年代開始寫作，曾獲1969年菲律賓《大中華日報》舉辦五十八年度「菲華青年小說創作比賽」佳作獎。1986年《世界日報》文學評獎散文組佳作獎，以及新詩組佳作獎。2002年亞細安文藝營文藝獎。出版詩集《四十季度》、《我是蒲公英》、雜文集《公英閣小札》。主編《讓德文選》。在菲律賓《商報》寫【公英閣小札】、【老吳專欄】。

愛情

斑駁銹給誰看

芳菲舞給誰夢

繽紛絢給誰燦

愛情，只有念想知道

青春

腳渡著腳

方步邁著方步

白髮品味著生命

青春啊！你流向何方

托鉢

小手奉起三千大千世界

托滿鉢童稚

滿懷恆河沙數的慈悲

步佛陀的腳步向前

後記：見緬甸兒童，八歲就可
　　　出家，沿門托鉢有感。

2018年11月26日

一瞥
──給老伴

短是無限的長

壹是無量的量

那一瞥

是一生一世永生永世的眷戀

　　　　　　　2018年11月25日

夕陽

夕陽西下
我與我的影子對飲
飲滿盅晚霞
酌彩色人生

2018年12月25日

永恆

當永恆與永恆碰撞

碰出輪迴的火花

當夕暉燃燼了青春

留下迴光反照的艷美

一瓣心香

怎樣也背不熟般若波羅多蜜心經

心一片空靈

背或不背　熟或不熟

一切皆空

又要寫詩了

又要寫詩了
都過了詩的年華
七十多年的風風雨雨
是一首詩嗎？

邵祥梅

十一

作者介紹

　　邵祥梅，筆名夏初冬，八〇後的尾巴，常以瘋子自稱，時而死一般安靜，時而瘋一般聒噪，此生，希望自己能成為徹底的素食主義者，希望地球沒有汙染，希望世界和平，希望所有的人都善良而且單純，幹淨，做自己。

等

等流向高處的海

等一刀殺死孤獨和我

等你愛我

借煙

向陌生人

借一支煙

點燃你要吻我的衝動

煤油燈

想要寄一盞煤油燈給你
取暖，照明，解憂愁
或者懷念舊時光

大海

獻與大海的愛

全部給你一人

黎明之前

我將大海吞下

幻影

夜晚隱藏了心靈和影子

擄走王母娘娘的辮子和王子

趕在黎明之前換兩頭驢子

馱著你過河來看我

香

樹停了綠茵，你閉上哀傷
車輪輾過的泥土指引天堂
你手指的餘香
讓花兒芬芳

戰爭

她蜷曲在月光裡

帶來南方戰場的最後消息

我和我自己

我坐在山巔的風中

看著兩個影子走在時光裡

竟不知那究竟是我還是我自己

卓培林

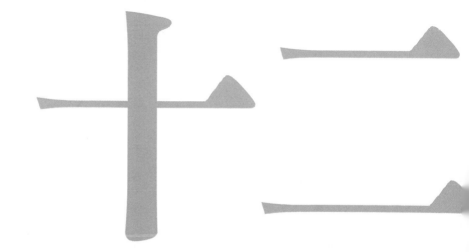

作者介紹

　　卓培林，祖籍泉州南安，菲律賓華僑，旅菲商餘寫點小詩，菲律賓千島詩社主要成員，珍藏了中國頂級宋、元、明、清珍貴官窯瓷器，菲律賓以及世界各國百年前珍稀郵票，在業界享有盛譽，曾於2019年四月至五月，在中國廈門市博物館成功舉辦《菲律賓珍郵展》。

千年龍泉瓷

涅槃重生

千峰翠色

一種新的生命

恒久的梅子綠

青花瓷韻

血與淚的傾註
土與火的淬煉
於是
柔美有了剛性

沙漏時光

曉燕唱殘月

思抓燕尾剪春暉

怒把沙漏倒置

傾倒時光

馬

迎霞光

揚起的

飛旋楊柳

和箭去的蹄音

光陰

光以為

無處不在

還是錯過

角落的陰影

竹韻

長青翠　節高聳

握如椽大筆

蘸雨露雲彩

書寫楷模千秋

時間

時間
把跳動的
生活碎片
輪迴定格

老照片

風塵摧朽了影像
面對落陽
朝向明天背著昨天
朝向昨天背著明天

欣荷

十三

作者介紹

　　欣荷，本名李文蘅。生長於台灣。最初，寫作只是為了抒解鄉愁。後來，寫作成為一種習慣，成為一種愛好。愛上了就成癡。擔任教師四十年，熱愛教育。也愛自己。年屆古稀，願優雅的老去。

背影

斷開
原來你只是你
我只是我
我們誰都不是

醒悟

給你精粹的真愛

終究成為一生的奢望

來生若再相見

欠你的　我該如何歸還

坑

我親手挖了坑

照意願的深淺

埋葬過去歲月的悲歡

誰知最深的卻浮在最淺的上方

隱形的鏡

對著鏡子

卻看不見自己

伸出手

穿過了靈魂深處

〔水光山色〕

水

有縫就能流過
像愛情
總會為自己
找一條出路

光

微亮　只有我發現
奔向你　才知道
那是不能回頭的
撲火

山

一直深信我的依靠

堅如磐石

崩裂了才發現

只是潑墨畫裡的虛幻

色

誰說色即是空

空即是色

上了色

就是一輩子的烙印

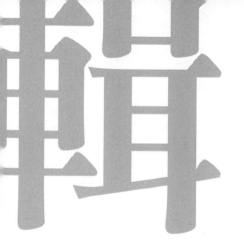

南山鶴

作者介紹

　　南山鶴，原名陳戰雄，福建晉江人。曾經當過菲律賓華文報外勤記者，專欄主筆，新聞與文藝編輯。十八歲出版《戀的哲學》詩集。七十年代移民加拿大，九十年代回歸菲律賓，在現代詩道路再出發。

六十年代

我們在殘霞裡釣一個黃昏

邀燈塔舉杯低哼遊子吟

荒原上，你可以任意放韁

飄雲上，你可以草寫自己的名字

比薩斜塔

你斜斜看人生
人生也斜斜看你
何必要堅持爬上去
掛一個時間

戀的哲學

沒有誰能在戀的境域中

贖回自己

沒有誰

整個回來

握手

輕輕一碰不敢緊握

那曾經理亂少年愁的一雙手

怕的是陌生的中年

又握出一個不該的緣

無題

此時夜雲很輕

像被遺忘了的誰之懷念

我原不了解這風風雨雨

原不了解我自己

生命的畫

構思為生命模擬

一幅色彩繽紛的畫

讓家徒四壁的人

隨便掛在那裡都好

小木橋

肩負三代行人的
踐踏
無視康莊大道的
誇張

瞬間

來到的沒有遞上問候

離去的沒有留下叮嚀

存在的只是一個曾經的

瞬間

侯建州

作者介紹

　　侯建洲，國立金門大學華語文學系助理教授。台
灣菲華人，作品散見菲律賓與台灣。

吉利車 Jeepney

城市裡擁擠的貧窮與飢餓

壓垮了吉利車的輪胎

但沒碾碎孩童晶脆的笑聲

重生
——月曲了逝世周年有感

用鏡內幾句月色的沉默

熬煮碎裂的眼光與夢

借你輪廓裡的記憶與呼吸

扦插在千島新生的嫩芽

　　截自〈重生——月曲了逝世周年有感〉

祕密的交響

孤獨蔓生

奇異的花朵

等候

出其不意的雲朵

雲開

白雲蘸上寂寞的墨汁

找到窗

打開沉默

有光

渴

憂愁的雕像

仰望

月亮上的血

交流

雨中無語
撥了電話給自己
聆聽呼吸

謗

生活裡

老掉牙的傳說故事

又長出新牙

咬嚙人間

種

在土裡

埋你的影子

能否長出

有你的果子

施文志

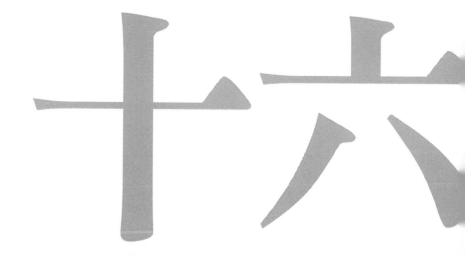

作者介紹

　　施文志，曾獲1984年「菲華新詩獎」佳作獎，1985年「河廣詩獎」新人獎，1986年《世界日報》文學獎之散文組第二名。著有詩文集《詩文誌》，詩集《解放童年》，出版中菲雙語詩集《解放童年 Pinlayang Kamusmusan》，中菲英三語詩集《解放童年》。2011年榮獲菲律賓作家聯盟（UMPIL）頒予最高文學獎：菲律賓詩聖描轆沓斯獎。

恨愛

我畏懼
愛與恨

因為愛有根
所以恨有芽

筊杯

一面是陰
一面是陽

陰陽筊杯
如夫妻

代罪

光明一個人
黑暗一個影子

影子背後
黑暗一個人

罪

十字架
上或下

一個個釘子
一種種疼痛

仁人

孤單一個人
兩個人是對

她他你我
第三人稱

情人

與我
靈魂起舞

轉身幾許
已一世人

緣來

一對我們

游來游去

隨心所欲

緣來如此

原罪

一群影子
在黑暗中

一束光闖進去
殺死了影子

輯

陳默

十七

作者介紹

　　陳默，原名陳奉輝，菲律賓土生土長華裔，祖籍
福建南安，千島詩社發起人之一，曾任千島詩社主編
多年。

水的傳奇

兄弟啊兄弟你水滴般地流

到大陸被稱為番客

到台灣被叫做華僑

入了菲律賓的容器卻被看作中國人

詩的真諦

雨後，小孩在漲水的街上嬉戲
母親急喊著，水很髒快回來
小孩臉上綻開雨後燦爛的陽光
「媽……好涼快哦！」

冰淇淋的另類

拿著杯子你舔著錐形流下的冰淇淋

空著雙手我強嚥下火山瀉落的泥漿

招招手你付了賬外加小費回家

回回首我付出全部家當外加病痛站著茫然

註：颱風橫掃菲律賓，致賓那杜霧火山泥流傾瀉
　　成災，淹沒邦邦牙省數個社鎮，數十萬人逃
　　離家園，生命財產損失慘重。

祖國

童年，祖國是個選擇題

中國在上午菲律賓在下午

老來，祖國是蹺蹺板

中國在那一端菲律賓在這一端

鄉愁二喻

(一)

鄉愁靜靜躺在白蘭地杯中

啜一小口讓唐山從喉嚨滑入

千萬不要一口飲盡

把那易燃的腸燒斷

（二）

鄉愁是淪落人
口渴時想喝又不敢喝
越喝越渴
又不得不喝的海水

盛江

十八

作者介紹

　　盛江，筆名獅子先生，1989年出生於楚韻故里，漁民之鄉湖北省，旅居馬尼拉3年有餘。承蒙千島詩社前輩及同仁們的錯愛，有幸能在異國他鄉，重拾學生時代對現代詩的初心。

逆光情節

倘若時間不會褪色

我願剪下有你的一段

幻作黃昏時長長的倒影

　　　截自〈逆光情節〉

80後的尾巴

冬夜的雨好冷

滴答在心上

吱吱作響

　　　　　截自〈80後的尾巴〉

逆光

浮光迤邐

是卡紙上清秀的墨跡

淺淺的

卻字字清晰

截自〈逆光〉

斷章

他還在那
至死不渝的等待
只願不會成為湮滅在記憶裡的斷章
永遠都不會出現結局

　　　　　　　　　截自〈斷章〉

幸福額度

當音符穿透聽覺神經的瞬間
我閉上眼
伸手去抓漆黑的時間

截自〈幸福額度〉

雨季

雨季，讓人浮想聯翩的季節
心就像天空時斷時續的雨
雲在哪裡，我就飄到哪裡

　　　　　　截自〈雨季〉

男人三十

走遍人生的岔路口

不會沈淪在灰色過往裡

不會流浪在茫茫人海中

截自〈男人三十〉

千島詩社_{截句選}

輯

張子靈

十九

作者介紹

　　張子靈，本名張琪，筆名張靈。文心社菲律賓分社社長，菲律賓千島詩社副社長，亞華作協菲分會副祕書長，菲律賓華文作家協會副祕書長，華青文藝社工作委員。出版詩集《想的故事》、散文集《惑與不惑之間：一種堅持的美麗》。

夕陽

愛到了極致的一剎那
選擇不回首的別離

結局竟叫大地
黯然靜寂

望月之圓

從始至終就沒有分開的起點
思念是看不見的距離
月光敲響的歲月
讓兩隻手牽著彼此的身影

倦意

冷漠且寂寞，耕種下的笑臉
被棄置在黃昏的角落

禱告

我選擇了
極迢遠極深淵又極確實的口訴
最親密的方式
傾心於完成最深處的呼吸

行走者

理智點！我可以不去

感性上，我忍不住來了

來去去來的四維空間，無語無境

靈感苦難夢想現實老是彼此追逼尋問

速食是個迷惑

一個叫叔叔的夠妖媚

早晚叫喚愛寵單一的口味

可樂了童年……吃完一餐春夢

年日如氣泡，漲成一個打嗝的跌停板

花之白

繽紛，不懂靜寂的美
喜歡以姿色喧嘩了一季又一季
花以白之美
包容了人間的美和不美

截自〈花之白〉

月光之影

月是我眼中瞳仁的故鄉
一剎那的凝視已成霜
那白霜的心情是我回憶的月光
帶著童年的影子走向異鄉

截自〈月光給我回憶〉

張沐卉

作者介紹

　　張沐卉，祖籍福建晉江，童年移居菲律賓馬尼拉。千島詩社，華青文藝社成員。

熬夜

想念在黑夜裡喚醒電燈

雙眼看不見夢的入口

當太陽升起

我想我不想再繼續愛你了

浪花

一次又一次
被打回大海
又日復一日
拼命沖上岸

典當

母親的青春

押給上帝

贖回了

我的成長

山峰

你讓我坐在你的肩上
伸手便能摘下兩朵白雲
變成翅膀，展翅翱翔
小時候，父親也是這樣把我扛起來

兩個圈圈

小時候，父母圍著我繞了一圈
長大後，我繞著父母轉了一圈
兩個圈圈，就是一個人生

椰子

二十一

作者介紹

　　椰子，本名陳嘉獎，籍貫福建晉江。菲律賓千島詩社副社長，菲律賓華文作家協會副會長，文心社菲律賓分社副社長，東南亞華文詩人筆會會員。

截句一組十首

象形的天空祕而不宣

（一）

二維碼

鐵絲網

（二）

網布下籬笆

魚飛不過去

（三）

魚兒入網

不甘束手就擒

跳牆

（四）

魚群千軍萬馬

突入無人之境

豈知中了埋伏

網紅

（五）

萬里愁腸

千千結

互聯網

（六）

漂泊時

丟了線頭

一根長長的離愁

（七）

馬蹄聲聲

只是鍵盤又在嗒嗒

從未隱身

我在線上

（八）

閱讀星光

一束投自北方的家書

（九）

藍星微微顫抖

象形的天空祕而不宣

（十）

怎追憶

那片純白

在煙之外

那個稱為雲的所在

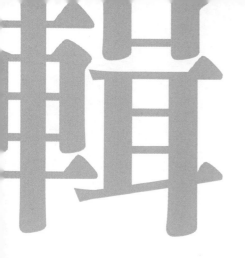

輯

蔡友銘

二十二

作者介紹

　　蔡友銘，筆名劍客，菲律賓土生土長的第三代華裔，菲律賓華文作家協會理事、千島詩社社員、辛墾文藝社社員、曾任加拿大多倫多《明報》編輯、馬尼拉華文記者會會長，現任《商報》副總編輯，在《商報》撰寫「想到寫到」專欄。

孤舟漁翁

茵萊湖中孤舟的漁翁

右腳劃漿

雙手撒網

撈起了歲月的滄桑

2018年11月27日

截自〈孤舟漁翁〉

註：作於緬甸茵萊湖中央。

兵馬俑

千軍萬馬

守秦皇千秋萬載

鋤頭掘地三尺

挖出一堆歷史碎片

2019年4月12日

截自〈兵馬俑〉

紅包

艷紅的外衣

等待著被拆封

驚喜的一刻

2019年1月3日

馬車

王彬街
馬車滴答聲
敲醒了城市
忙碌的繁華如夢

2018年12月26日

註：王彬街是馬尼拉華
　　人區主要街道。

牆

牆裡牆外

一個自由飛翔

一個束縛掙扎

何時才能共享太平

2019年1月12日

截自〈牆〉

聖誕

馬槽中

一聲啼哭

洗盡了

人間罪惡

2018年12月26日

手電筒

向上一推

鋒芒畢露

向下一推

回歸黑暗

2018年12月26日

戰爭

戰場上

千軍萬馬

奔向

生命的開始

2019年1月6日

蔡秀潤

二十三

作者介紹

　　筆名紫雲、綠萍，是土生土長的華裔菲人。菲律
賓華僑商報兒童週刊編輯。辛墾文藝社基本社員，曾
任該社主任、編輯、社長等職。作品曾入選「茉莉花
串」、「玫瑰與坦克」、「綠帆十二葉」、「中華散
文選篇賞析辭典」，與幽蘭、秋笛、晨夢子聯合出版
「秋雲幽夢」。

小草

已忍辱了數百年

依然活著

我的名字是

華僑

岷灣

晨運者　比比劃劃
用手推掉
一個滿身病態的社會

公園

小草軟軟　小蟲彎彎

手推車中的嬰兒

像一顆紅透了的大蘋果

蒼蠅

只為了貪圖

一點點的甜

甘冒肝腸斷裂

血肉模糊的危險

搬家

該取捨的

是一堆回憶與無奈

卻留下了

滿屋的悲、歡、離、合

日月潭

潭影

您可載得動

這些

找不到家的流雲

風中的黃昏

為黃昏餞行

枯枝在風中顫抖

搖落了多少

殖民地的哀傷

蔡孝闓

作者介紹

　　筆名靜銘。祖籍福建晉江，1941年出生於馬尼拉。辛墾文藝社元老，學林、岷江詩社、瀛寰詩社會員。新詩曾入選「世界情詩選集」、「葡萄園詩刊」、「南洋商報」等。擔任商報記者、編輯、執行副總編輯數十年。現從商。

野馬

我們來自無名窮荒

頸鬃盈尺　尾毛拖地

喜歡啃食草原上的陽光

豪飲小溪中的流雲

陽光

遠來的陽光

以藝術家的姿態走進大門

攤開雙手

掌上盛滿人類的蒼白和無奈

年華

平安夜　我把一盒發霉的歲月
用鮮艷的彩紙包好
送給門外討年禮的兒童

夢

我的夢　在爆竹的怒吼中碎成片片

我的理想像一支煙花

現實是火柴

除夕　它們在小孩的手中相遇

釣

我把魚餌拋向遠方

茫茫人海

那一條魚

會上鉤？

倒影

艷陽下
我擁有一個異國的天
一朵思鄉的雲

肉販

砍下去　　砍下去

砍成一塊塊

生命的皮和骨

小石頭

棱堅角硬

總希望　在沙漠中

築起萬里長城

蘇榮超

作者介紹

　　蘇榮超，籍貫福建晉江。十三歲移民菲律賓。畢業於菲律賓聖道湯瑪斯大學工業工程系。現任東南亞華文詩人筆會理事、菲律賓千島詩社副社長、並於菲律賓世界日報開闢文藝專欄「網絡人生」。著有詩文集「都市情緣」。

單眼皮

跳脫日子的纏繞

美　　來自心情

單純的顫動

覆蓋著靜好神采

梳頭

誰能理解

黏附在皮上的煩惱

一束無辜感情

慘遭流逝的歲月霸凌

左撇子

站立或者臥倒

影子斜斜照著遠方

交給時間裁決

一種約定俗成的習慣

截屏

移植的慾念

在佔據與放縱之間守候

橫刀奪　　美

止不住剎那芳華

燈

歷史的眼裡

隱藏著神祕念力

截句

斬斷裂開的遐思
用凝練和精準縫合
成完整的夢

一箭正中標的

影子

跌落暗黑的殺戮

迷失黎明

一堆無主孤魂

在夢境中探索人間

雙眼皮

將歲月摺疊成永恆
在顧盼與巧笑的瞬間
切割動感
讓美　　　成雙

語言文學類　PG2336　截句詩系39

千島詩社截句選

主　　　編／王仲煌
責任編輯／石書豪
圖文排版／林宛榆
封面設計／劉肇昇

發 行 人／宋政坤
法律顧問／毛國樑　律師
出版發行／秀威資訊科技股份有限公司
　　　　　114台北市內湖區瑞光路76巷65號1樓
　　　　　電話：+886-2-2796-3638　傳真：+886-2-2796-1377
　　　　　http://www.showwe.com.tw
劃撥帳號／19563868　戶名：秀威資訊科技股份有限公司
　　　　　讀者服務信箱：service@showwe.com.tw
展售門市／國家書店（松江門市）
　　　　　104台北市中山區松江路209號1樓
　　　　　電話：+886-2-2518-0207　傳真：+886-2-2518-0778
網路訂購／秀威網路書店：https://store.showwe.tw
　　　　　國家網路書店：https://www.govbooks.com.tw

2019年12月　BOD一版
定價：330元
版權所有　翻印必究
本書如有缺頁、破損或裝訂錯誤，請寄回更換

國家圖書館出版品預行編目

千島詩社截句選 / 王仲煌著. -- 一版. -- 臺北
市 : 秀威資訊科技, 2019.12
面；　公分. -- (語言文學類 ; PG2336)
(截句詩系 ; 39)
BOD版
ISBN 978-986-326-762-1(平裝)

863.51   108019599

讀者回函卡

感謝您購買本書,為提升服務品質,請填妥以下資料,將讀者回函卡直接寄回或傳真本公司,收到您的寶貴意見後,我們會收藏記錄及檢討,謝謝!如您需要了解本公司最新出版書目、購書優惠或企劃活動,歡迎您上網查詢或下載相關資料:http:// www.showwe.com.tw

您購買的書名:_____

出生日期:_____年_____月_____日

學歷:□高中 (含) 以下　　□大專　　□研究所 (含) 以上

職業:□製造業　□金融業　□資訊業　□軍警　□傳播業　□自由業
　　　□服務業　□公務員　□教職　　□學生　□家管　□其它_____

購書地點:□網路書店　□實體書店　□書展　□郵購　□贈閱　□其他

您從何得知本書的消息?

　□網路書店　□實體書店　□網路搜尋　□電子報　□書訊　□雜誌

　□傳播媒體　□親友推薦　□網站推薦　□部落格　□其他_____

您對本書的評價:(請填代號　1.非常滿意　2.滿意　3.尚可　4.再改進)

　封面設計____　版面編排____　內容____　文/譯筆____　價格____

讀完書後您覺得:

　□很有收穫　□有收穫　□收穫不多　□沒收穫

對我們的建議:_____

_____

_____

_____

11466
台北市內湖區瑞光路 76 巷 65 號 1 樓
秀威資訊科技股份有限公司　　　收
BOD 數位出版事業部

....

（請沿線對折寄回，謝謝！）

姓　　名：＿＿＿＿＿＿＿＿＿　年齡：＿＿＿＿　性別：□女　□男

郵遞區號：□□□□□

地　　址：＿＿＿＿＿＿＿＿＿＿＿＿＿＿＿＿＿＿

聯絡電話：(日) ＿＿＿＿＿＿＿＿　(夜) ＿＿＿＿＿＿＿＿

E-mail：＿＿＿＿＿＿＿＿＿＿＿＿＿＿＿＿＿